CB082256

BELAS E COMOVENTES HISTÓRIAS

EDITORA EME

Solicite nosso catálogo completo, com mais de 300 títulos, onde você encontra as melhores opções do bom livro espírita: literatura infantojuvenil, contos, obras biográficas e de autoajuda, mensagens espirituais, romances palpitantes, estudos doutrinários, obras básicas de Allan Kardec, e mais os esclarecedores cursos e estudos para aplicação no centro espírita - iniciação, mediunidade, reuniões mediúnicas, oratória, desobsessão, fluidos e passes.

E caso não encontre os nossos livros na livraria de sua preferência, solicite o endereço de nosso distribuidor mais próximo de você.

Edição e distribuição

EDITORA EME

Caixa Postal 1820 - CEP 13360-000 - Capivari - SP

Telefones: (19) 3491-7000/3491-5449

vendas@editoraeme.com.br - www.editoraeme.com.br

Oswaldo Iório

BELAS E COMOVENTES HISTÓRIAS

Capivari-SP
- 2013 -

© 2013 Oswaldo Iório

Os direitos autorais desta obra foram cedidos pelo autor para a Editora EME, o que propicia a venda dos livros com preços mais acessíveis e a manutenção de campanhas com preços especiais a Clubes do Livro de todo o Brasil.

A Editora EME mantém, ainda, o Centro Espírita "Mensagem de Esperança", colabora na manutenção da Comunidade Psicossomática Nova Consciência (clínica masculina para tratamento da dependência química), e patrocina, junto com outras empresas, a Central de Educação e Atendimento da Criança (Casa da Criança), em Capivari-SP.

1ª edição - julho/2013 - 3.000 exemplares

CAPA | Abner Almeida
DIAGRAMAÇÃO | Victor Augusto Benatti
REVISÃO | Rubens Toledo

Ficha catalográfica elaborada na editora

Iório, Oswaldo, 1918-
Belas e comoventes histórias / Oswaldo Iório - 1ª ed. jul. 2013 - Capivari, SP : Editora EME.
128 p.

ISBN 978-85-66805-07-9

1. Histórias e contos. 2. Ensinos morais. I. TÍTULO
CDD 133.9

Sumário

Prólogo

POUCAS HISTÓRIAS DESCRITAS neste livro são de minha autoria. A maioria delas foi selecionada e extraída de publicações diversas, que mantive guardadas como um tesouro.

Algumas dessas pérolas literárias não estão assinadas porque não consegui identificar a autoria, mas, chegando às minhas mãos, fui inspirado a conservá-las, tal a beleza dos seus enredos cativantes e comoventes.

Por se tratar de páginas saturadas de emotividade e doçura, que tocam profundamente nossa sensibilidade, aventurei-me a publicá-las através deste livro, esperando proporcionar aos seus leitores os mesmos momentos de ternura, deleite e amor que senti ao conhecê-las.

Desejo externar aos autores dessas joias literárias a minha sincera e reconhecida gratidão.

O autor

A estrada da vida

SONHEI QUE IA PERCORRER uma longa e sinuosa estrada; a estrada da minha vida, acompanhado de Jesus, que, olhando ternamente para mim, disse:

- Filho, aconteça o que acontecer, haja o que houver, lembre-se que estarei sempre contigo. Jamais te abandonarei.

Confiante nessa sublime promessa, eu iniciei minha caminhada.

Tive momentos de felicidade e ventura. Fui agraciado com pais amorosos, dedicados, sob a orientação dos quais adquiri boa cultura e bons exemplos.

Casei com a mulher que amei e constituí família com filhos adoráveis. Galguei posição social e fortuna. Usufruí momentos de felicidades.

Esses momentos, porém, foram breves e fugazes. Sofri muito mais do que fui feliz. Fui injuriado, caluniado, injustamente acusado de delito que não cometera.

Condenado, passei anos recluso, segregado da sociedade. Perdi tudo: família, fortuna, bens e posição social. Fiquei só. Fui desprezado e abandonado pelos entes que amava e por aqueles a quem considerava amigos fiéis...

Sofri dores, desenganos, desesperos e tristezas, sem ter um ombro onde reclinar minha cabeça.

Mas, confiando sempre na promessa de Jesus, segui resignadamente, caminhando, até que cheguei ao fim da estrada.

Para recordar o que passara, olhei para trás e, surpreso, vi que em certos trechos da estrada estavam apenas marcas de dois pés, de um só caminheiro. Eu andara só, justamente nos momentos em que mais sofri, desesperado e necessitado de amparo e proteção!

Olhando para Jesus, ao meu lado, indaguei:

- Senhor! Prometeste que estarias sempre comigo. No entanto, vejo que, quando mais precisei de ti, eu caminhava sozinho. Por que me abandonaste?

Jesus, fitando-me ternamente, disse:

- Eu cumpri minha palavra. Estive sempre ao teu lado. Jamais te abandonei. Olha novamente para a estrada e repara que aquelas marcas são minhas. Naquelas horas que mais necessitavas de proteção, amparo, carinho e amor, eu te carregava em meus braços!

***

A história acima foi extraída da contracapa de um caderno escolar. Mas sabe-se que já foi apresentada sob outras formas, com o título *Pegadas na areia*. Com adaptações, foi transformada em música, gravada por vários artistas da música popular brasileira. Uma das versões mais famosas foi a gravação de *Chitãozinho & Xororó,* com participação de *Roberta Miranda,* além desta versão, com alguns versos nossos.

Pegadas na Areia

O sonho que tive esta noite
Foi um exemplo de amor
Sonhei que andava na praia,
Comigo estava o Nosso Senhor...
Ao longo da praia deserta
Quis o senhor me mostrar
Cenas por mim esquecidas
Tudo que vi desta vida
Ele me fez recordar
Cenas de instantes felizes
Em que a mesa era farta na hora da ceia
Naqueles momentos eu via
Dois pares de rastros gravados na areia
Então o Senhor me falou
Tocando meu ombro cansado
Em todos os teus caminhos
Sempre estive ao teu lado.

Porém, uma onda mais forte
Veio provar minha fé
Depois que as águas passaram
Na areia ficaram apenas dois pés
Então ao Senhor reclamei
Nesse momento de dor
Quando eu mais precisava
Quando eu sofria e chorava
O Senhor me abandonou!...
Naquele instante sagrado
O Senhor fez um gesto dizendo assim
"Usei a coroa de espinho, morri numa cruz
E duvidas de mim?...
Filho, esses rastros são meus...
De quem mais poderia ser?
Nas tuas horas de angústia
Eu carregava você."

O monge de Manila

UM MONGE ESPANHOL que fora a Manila, capital das Filipinas, para catequizar nativos, acabou sendo condenado à morte, injustamente, acusado de conspirar contra as autoridades do seu país.

Não se conformando com a pena que lhe fora imposta, o monge lamentava-se da sentença e considerava injusta sua condenação. Alegava o sacerdote que nada fizera para merecer tal castigo, jurando inocência perante sua consciência sem culpa, pura e imaculada.

Estava prestes a ser executado quando um irmão da sua ordem religiosa, avaliando seu sofrimento e desespero, aproximou-se e sussurrou em seu ouvido:

– Jesus também era inocente.

Ao ouvir a frase, suas lágrimas repentinamente secaram. Um sorriso aflorou em sua face e pela sua mente perpassou, naquele instante, todo o suplício do Mestre, que conhecera como *o Drama da Paixão*.

Como pudera esquecer tamanho testemunho? Apesar de haver ensinado e exemplificado o bem, a bondade, o perdão, a mansuetude e o amor, Jesus fora flagelado e torturado. Haviam lhe cuspido no rosto e, sobre sua cabeça, colocaram uma coroa de espinhos. Fora obrigado a carregar a cruz do próprio martírio.

E o monge refletiu mais um instante. Aquele homem fora crucificado como um bandido entre dois ladrões e, mesmo passando por todos esses tormentos, perdoou seus algozes!

Então, serenamente sentou na cadeira fatídica e quando o carrasco lhe pediu perdão, disse:

- Filho, não só te perdoo, como te ordeno: cumpre o teu dever!

***

A história é baseada em fato ocorrido em uma colônia espanhola, no século XVII, nas Filipinas, no Sudeste da Ásia.

Para manter seu jugo e domínio sobre a colônia, os invasores estabeleceram leis e penas severas, cruéis e desumanas, como a pena de morte.

Algo semelhante ocorreu no Brasil Colonial do século XVIII, no episódio conhecido como Inconfidência Mineira. O alferes Joaquim José da Silva Xavier, conhecido como Tiradentes, foi condenado à forca, acusado de conspirar contra a Coroa Portuguesa.

Como consta da História, o acusado foi levado ao cadafalso, depois de longos dias na prisão. Tinha os cabelos longos e a barba comprida. Vestia o camisolão branco reservado aos prisioneiros.

Ante o carrasco que o conduzia, Tiradentes revelou grande fé e convicção na sua luta pela liberdade. "Dez vidas eu tivesse, dez vidas eu daria", foram as últimas palavras pronunciadas pelo Mártir da Inconfidência.

Cerca de 30 anos mais tarde, em 1822, o Brasil conquistava a sua Independência, libertando-se de Portugal.

O livro *De Mário a Tiradentes,* psicografado pela médium Marilusa Vasconcelos, mostra a trajetória desse espírito de escol, desde as experiências vividas como soldado nas legiões romanas do século I até a reencarnação no Brasil, em Vila Rica, nas Minas Gerais.

Joana de Khouza

JOANA ERA MULHER DE KHOUZA, cidadão que na época de Jesus desempenhava as funções de intendente dos negócios de Herodes.

O seu marido não alimentava, aparentemente, qualquer simpatia pelas novas ideias trazidas pelo Cristo.

Pelas narrações que se reportam àquela época, Khouza caiu em desgraça perante Herodes e, roído por enfermidades e desgostos, desencarnou alguns anos mais tarde. O casal teve um filho.

Lá pelo ano 68, em que as perseguições contra os cristãos se tornaram mais intensas, Joana e seu filho foram presos.

Os inimigos do Cristianismo nascente não hesitavam em cometer as maiores atrocidades. E, segundo a tradição, Joana e seu filho foram amarrados, e os seus algozes, pretendendo que a mãe abjurasse de público as suas ideias, flagelaram o moço em sua presença.

Ele sentiu-se fraco diante das torturas e suplicou veemente à mãe que abandonasse as ideias cristãs.

Ela, no entanto, lembrou-se dos sofrimentos de Maria diante da cruz onde Jesus fora crucificado e manteve-se irredutível, não esmorecendo ante as suas torturas.

Estimulou o filho para que suportasse com estoicismo os suplícios a que estava sendo submetido. Foi quando, então, os carrascos acenderam a lenha que estava sob seus pés.

Um dos verdugos, vendo a coragem com que ela enfrentava a morte, exclamou:

- Esse teu Jesus apenas te ensinou a morrer?

Ao que ela retrucou:

- Não. Ele também me ensinou a te perdoar e amar!

***

Estudando a bela obra de Carlos Torres Pastorino - *Sabedoria do Evangelho* - constatamos a veracidade do relato aqui trazido, extraído de outra obra, não menos valiosa, de Paulo Alves Godoy: *Quando Jesus teria sido maior?*

A trajetória desse espírito, segundo informações do médium Divaldo Pereira Franco, vai suportar ainda o crisol de novas provas como a religiosa Inês de La Cruz, reencarnada no México, e como a sóror Joanna Angélica de Jesus, que perecerá defendendo o Convento da Lapa, em Salvador, contra as tropas leais às Cortes Portuguesas, nas lutas pelas Independência (1822).

Retrato de mãe

TRAGO AO LEITOR ESTE POEMA, de Dom Ánjel Jara, bispo de La Serena, no Chile. É uma pérola, que vale a pena conhecer ou simplesmente relembrar!

Uma simples mulher existe que, pela imensidade do seu amor, tem um pouco de santa, e, pela constância, tem muito de anjo.

Que, sendo moça, pensa como uma anciã, e, sendo velha, age com todas as forças da juventude.

Quando ignorante, melhor que qualquer sábio, desvenda os segredos da vida, e, quando sábia, assume a simplicidade das crianças.

Pobre, sabe enriquecer-se com a felicidade dos que ama, e, rica, empobrecer-se para que seu coração não sangre ferido pelos ingratos.

Forte, entretanto, estremece ao choro de uma criança, e, fraca, entretanto, se alteia com a bravura dos leões.

Viva, não lhe sabemos dar valor, porque à sua sombra todas as dores se apagam.

Morta, tudo que somos e tudo o que temos daríamos para vê-la de novo e dela receber um aperto dos seus braços, uma palavra dos seus lábios.

Não exijam de mim que diga o nome dessa mulher, se vocês não quiserem que ensope de lágrimas este álbum. Porque eu a vi passar no meu caminho.

Quando crescerem seus filhos, leiam para eles esta página e eles lhes cobrirão de beijos a fronte e dirão que um pobre viandante, em troca de suntuosa hospedagem recebida, aqui deixou o retrato de sua própria mãe.

***

Monsenhor Ramón Ángel Jara nasceu em Santiago, no Chile, em 2 de agosto de 1852, e faleceu em Serena, nesse país. Recebeu, entre outros, o título de Primeiro Orador Católico do Século.

o anjo
que não foi abortado

UMA SENHORA DE IDADE, considerada pela Medicina com poucas chances de tornar-se mãe, conseguira engravidar.

Ao consultar-se com o médico, amigo tradicional da família, foi insistentemente aconselhada a abortar, já que sua gravidez era tida como de alto risco, em virtude de sua idade.

Não se conformando com o conselho médico, pois desde o seu casamento seu maior desejo sempre fora ser mãe, resolveu, juntamente com seu marido, assumir o risco de receber essa criança que a Bondade Divina lhe enviara.

Logo após, por necessidade profissional, a família teve de mudar-se para outra cidade. Passaram-se vinte anos. Paciente e médico não mais se encontraram.

Todos os anos, por ocasião de suas férias, o médico viajava para estações climáticas.

Um dia, numa dessas viagens, sentado num banco do jardim da praça, o doutor teve oportunidade de observar uma senhora de idade avançada numa cadeira de rodas, sendo atendida por uma jovem que a acompanhava.

Chamaram-lhe a atenção o carinho, dedicação, solicitude e amor que a jovem dispensava à senhora, cuja fisionomia não lhe era estranha.

Aproximou-se e, ao iniciar conversa, foi reconhecido pela sua ex-paciente. Ela contou estar viúva e que havia muitos anos estava entrevada naquela cadeira de rodas.

O médico, então, comentou que ela tivera sorte em encontrar uma enfermeira tão meiga e solícita, pois vira a dedicação e o carinho como a tratava.

A senhora, então, lhe disse:

- Doutor... Esta moça que o senhor está vendo não é minha enfermeira. Este anjo, que Deus me mandou, é minha filha. É aquela criança que o senhor queria abortar!

***

Esta comovedora história foi publicada na *Revista Internacional de Espiritismo* (RIE), na edição de maio/1995.

Na atualidade, tramita no Congresso Nacional projeto de lei que propõe a descriminalização do aborto, que tem sido refutado por todas as correntes religiosas e pela maioria da sociedade brasileira.

A lei maior no Brasil só autoriza o aborto nos casos

de gravidez decorrente de estupro e nos casos em que a gestação põe em risco a vida da mãe. E neste caso, a legislação humana está alinhada à orientação dada por nossos Maiores a Allan Kardec, em *O Livro dos Espíritos*, no capítulo que trata da volta do Espírito à vida corpórea:

- *Constitui crime a provocação do aborto em qualquer período da gestação?*

- Há crime sempre que transgredis a lei de Deus. Uma mãe, ou quem quer que seja cometerá crime sempre que tirar a vida a uma criança antes do seu nascimento, porquanto impede uma alma de passar pelas provas a que serviria de instrumento o corpo que se estava formando.

O codificador prossegue perguntando:

- *Dado o caso que o nascimento da criança pusesse em perigo a vida da mãe dela, haverá crime em sacrificar-se a primeira para salvar a segunda?*

- Preferível é se sacrifique o ser que ainda não existe a sacrificar-se o que já existe.

O direito de ser mãe

ESTA É A HISTÓRIA DE UMA JOVEM, natural de Divinópolis, MG, de onde saiu aos 22 anos de idade para ser independente, trabalhar e estudar em São Paulo.

Sonhava, também, constituir família feliz e unida, com muitos filhos. Porém, como declarou a moça, numa reportagem à revista *IstoÉ*, edição de 14/05/1997: "A vida, no entanto, é uma surpresa nem sempre agradável, pois esses sonhos ficaram literalmente na estrada".

Em fevereiro de 1986, ao retornar à sua cidade para rever a família, o ônibus em que viajava bateu numa carreta e, dos 48 passageiros, ela foi a única a ter ferimentos graves.

Depois de mais de um mês na UTI de um hospital, descobriu que estava paraplégica. Com sacrifício, sofrimento, e chegando a ter três empregos, conseguiu concluir seus estudos e manter sua independência.

Declara não ser fácil a vida de um portador de

necessidades especiais numa cidade como São Paulo, mas o que mais marca é o preconceito que se revela pelo disfarce e a decepção no rosto das pessoas ao perceberem a deficiência.

No ano passado, quando já se considerava acostumada, descobriu que o preconceito não cerceia somente a vida profissional e social, mas invade também as questões íntimas.

É que, depois de dez anos daquela fatídica viagem, pensou em realizar o que perdera naquela estrada. Não tinha uma família feliz, com muitos filhos, como sonhara, mas poderia ainda ser mãe, pelo menos uma vez!

Consultou vários médicos especialistas e constatou que, apesar da falta de controle das pernas, nada a impedia de realizar o seu sonho de gerar vida, dar à luz um ser, amamentá-lo e dele cuidar.

Ficou empolgada com a possibilidade. Meses depois estava grávida. Não demorou muito para sobre ela cair o peso da cobrança da sociedade. Os amigos a censuravam abertamente. E a família preferiu o silêncio!

Até na rua sentiu quanto incomodava a sua tentativa de ser uma mulher normal. Chegou a ser interpelada por uma desconhecida, que, indignada e com o dedo em riste, perguntou:

- Como o médico permitiu a maternidade a uma mulher incapaz de andar e cuidar de uma criança?

E a pobre moça replicava, por sua vez:

- Gerar vida é crime?

"Irresponsável", "louca", adjetivos como esses não

lhe faltaram. Principalmente porque estava desempregada. Mas a moça dizia que nada, porém, a faria desistir. Já estava no sétimo mês de gestação.

Sabia que viria um menino e contava com ansiedade os dias que faltavam para tê-lo em seus braços. Sabia também que não seria fácil. Teria de se adaptar e transformar sua vida. Mas já vencera muitos obstáculos e até passara fome para estudar.

Dizia, porém, que sua capacidade de amar não estava nas pernas que teimavam em não sustentar seu corpo, não lhe faltando senso de responsabilidade e amor para essa criança.

***

A essas pessoas, incapazes de compreender o quanto lhe era importante a plenitude do sentimento da maternidade, gostaria de perguntar:

- Quantas e quantas mães com pernas perfeitas abandonam seus filhos à própria sorte? É crime uma pessoa paraplégica ser mãe? Onde está escrito que alguém, por ser portador de necessidades especiais, não pode realizar o sagrado sonho da concepção?

Ao ler esta comovente história, que tocou profundamente minha sensibilidade e encheu meus olhos de lágrimas, julguei meu dever divulgar a todos o exemplo dessa mulher que, com sua abnegação e coragem, está lutando contra todos os obstáculos, preconceitos e até a própria família para realizar o sublime sonho de ser mãe!

Que admirável exemplo de amor e coragem, principalmente nos tempos atuais em que a maior parte das mulheres luta pela legalização do aborto, justificando-se liberadas e donas do próprio corpo. Mulheres que, quando não praticam o aborto, se desfazem do fruto do seu ventre atirando-o em latas de lixo e até sob as rodas de ônibus, como se fosse um trapo! Isto sim é crime! Crime contra as leis humanas e, principalmente, divinas!

Toca nossos sentimentos a coragem dessa mulher, que enfrenta tudo e a todos para concretizar parte do desejo que acalenta desde sua mocidade. Já que a vida lhe negou uma família, porque não gozar a alegria de ter pelo menos um filho, ao qual possa dedicar todo o carinho entesourado em seu coração?

Que exemplo de renúncia e amor! Que Deus a ampare e dê forças para superar as incompreensões daquelas que não possuem sensibilidade para entender tão sublime e santo gesto.

Quanto àquela pobre desconhecida que a interpelou e classificou de crime uma paraplégica ter filho, só nos restar pedir ao Senhor ilumine seu entendimento para compreender que um filho não precisa das pernas de sua mãe para nascer e crescer, mas sim carinho, dedicação, ternura e, principalmente, amor!

A criança abandonada

SE EU APRENDER INGLÊS, francês, alemão ou dezenas de outros idiomas, mas não souber me comunicar com as crianças à minha volta, de nada valem todas as minhas palavras.

Se eu concluir curso superior, andar de anel no dedo, frequentar cursos e mais cursos de atualização, mas viver distante dos problemas das crianças à minha volta, minha cultura não passará de inútil erudição.

Se eu morar numa cidade do interior, mas desconhecer os sofrimentos das crianças à minha volta, dos pobres esmoleres, carvoeiros, cortadores de cana, vendedores de balas...

Dos meninos de nariz escorrendo, dentes cariados, almas cinzentas, cujas esperanças foram esfumadas, muitas vezes violentados, prostituídos, dominados...

Se eu, vendo tudo isso, fugir para férias em Bariloche, Nova York ou Paris e nada fizer pela promoção das crianças que aguardam e sofrem, sou espectro de gente; não sou cristão.

Se eu possuir a melhor casa da minha rua, a roupa mais avançada, os sapatos da onda, e não me lembrar que sou responsável pelas crianças a minha volta, que moram na minha cidade, andam de pé no chão, se cobrem de sujos e molambos e dizem palavrão, sou apenas um manequim colorido. Mas não sou cristão.

Se eu passar os fins de semana em festas e boates, em farras e programas, sem ver a fome e o desamor, o analfabetismo e a doença, sem escutar o grito abafado de socorro das crianças que se arrastam à margem da história, não sirvo para nada.

O cristão não foge aos desafios da época. Não se aliena dos problemas das crianças sem teto e sem lar, sem amor e sem comida, sem cama, sem carinho e sem histórias.

Não fica de braços cruzados, de boca fechada e cabeça vazia. Não tolera a injustiça, a indiferença, nem as desigualdades que afetam as crianças de sua comunidade, de seu bairro, de seu estado, de seu país, de seu mundo. Mas luta pela verdade e pela justiça, com as armas da caridade.

O cristão não desanima nem se desespera diante das derrotas e das dificuldades, da incompreensão de olhinhos tristes e sonhadores, de esperanças de vida, porque sabe que a única coisa que vai sobrar de tudo isso é o amor, o verdadeiro amor.

***

Tomei conhecimento das palavras acima através do jornal *Amigo*, de junho/1997, editado pela associação filantrópica Aldeias Infantis SOS Brasil, que abriga crianças desamparadas.

Seu autor, Eduardo Mayr, juiz de Alçada Criminal, talvez inspirado nas exortações de Paulo (Coríntios 1:13), faz um retrato fiel das condições atuais vividas pelas crianças abandonadas que perambulam pelas ruas, repelidas, enxotadas e escorraçadas pela falta de amor e, principalmente, caridade da maioria das pessoas.

Suas palavras tocaram minha sensibilidade, como imagino que irá impressionar aos demais leitores. Por isso, considerei oportuno divulgá-las aqui. São de fato muito inspiradas.

Caçadores selvagens

JUNTAMENTE COM SENTIMENTOS de repulsa e horror, fui tomado de dor e compaixão ao assistir a duas reportagens na TV sobre pessoas que se intitulam caçadores, cuja cruel diversão consiste em matar animais indefesos.

A primeira reportagem focalizou e entrevistou um grupo residente no Estado do Pará. Conforme declararam ao repórter, caçam por prazer, matando qualquer ave ou animal encontrado ou tocaiado na mata, filmando e fotografando os troféus para exibição e comprovação do que consideram uma façanha gloriosa!

Não respeitam nem o animal que está prenhe, conforme exibiram numa foto que mostra uma corça abatida e os dois filhotes, prestes a nascer, também mortos!

Alertados pela mencionada reportagem, o Instituto Brasileiro do Meio Ambiente e dos Recursos Naturais Renováveis (Ibama) e a Polícia Federal foram investigar. Não encontrando o chefe do grupo, revistaram sua residência e acharam dezenas de fitas de vídeo e fotos que documentam as barbaridades e os crimes contra a fauna, cometidos pelos assassinos.

A segunda reportagem, exibida no programa Fantástico, da *Rede Globo* (edição de 02/11/1997), mostrou uma fazenda localizada em La Pampa, na Argentina, que foi transformada em reserva de caça.

Naquele país a caça é livre o ano todo, não existindo leis que a proíba, o que se conclui lá não existir Sociedade Protetora dos Animais para impedir tão monstruosos absurdos!

Focalizou grande quantidade de animais de grande porte, a maior parte de origem africana: búfalos, pumas, cervos, cabras selvagens, porcos do mato, gazelas etc., importadas para povoar a reserva.

A maior parte das pessoas que participam dessas caçadas é formada de empresários, inclusive brasileiros que para lá viajam unicamente para essa finalidade. Um deles, entrevistado, declarou ser um prazer matar animais!

Documentou uma cena em que um puma, cercado por cães, subiu numa árvore. Abatido friamente pelo caçador, caiu no meio dos cachorros, que quase o estraçalharam.

Se não bastasse a monstruosidade dos atos que praticam, o caçador ainda recebe um prêmio por animal abatido!

Não conheço em nosso vocabulário qualquer palavra para denominar tais pessoas, que classifico abaixo dos brutos, bárbaros, vândalos, sádicos ou outra depreciativa que possa existir.

Só podemos atribuir tais atos de desamor aos nossos irmãos menores à ignorância dos mais simples deveres de amparo e proteção que cabe dedicar a esses seres indefesos que são como nós, filhos de Deus, e com o mesmo direito à vida.

Mediante tanta barbaridade, constatamos quanta falta faz, a esses infelizes irmãos, o conhecimento das verdades pregadas pelo Espiritismo, que os levaria a compreender as maldades que estão praticando e as responsabilidades que estão assumindo perante as Leis Divinas. Saberiam, assim, que tais atos lhes serão cobrados num futuro triste e doloroso.

A surpresa do expositor

O ESPIRITISMO É UMA doutrina liberal que nada impõe, nem obriga. Não combate nem discrimina qualquer culto ou religião, pois reconhece que o que vale, perante as Leis Divinas, são os atos praticados e não as crenças ou aparências. Não aprova, portanto, referências desabonadoras sobre crenças feitas por seus adeptos, dirigentes de centros e expositores.

A propósito, vou narrar uma interessante história, cuja autoria eu não posso recordar, tampouco onde a teria lido.

> Conta-se que certo diretor de Centro Espírita, também reconhecido como brilhante expositor, vinha cometendo alguns exageros nas suas preleções em público, especialmente quando censurava os umbandistas. Suas críticas, muitas vezes ásperas, contrariavam o guia espiritual da Casa, irmão Teófilo.

Demonstrando forte ranço de intolerância, o expositor costumava tachar os irmãos umbandistas de fanáticos, cegos e ignorantes, por ainda conservarem cultos, práticas e cerimônias, a seu ver, totalmente desnecessárias e dispensáveis para a obtenção de fenômenos mediúnicos.

Embora advertido inúmeras vezes pelo presidente do Centro e também algumas recomendações do mentor sobre os inconvenientes desse procedimento, o orador não deixava, em suas prédicas, de lançar farpas contra a mencionada seita.

Com o intuito de modificar suas atitudes e sentimentos, certa noite, no decorrer dos trabalhos mediúnicos na casa espírita, irmão Teófilo, usando da psicofonia de um dos médiuns presentes, convidou-o a participar de uma sessão na Tenda Pai Jacó, programada para a semana seguinte.

O orador, de imediato, recusou o convite, alegando que jamais participaria de uma cerimônia que classificava de "carnavalesca". Porém, mediante a insistência e recomendação do mentor espiritual, aceitou comparecer aos trabalhos, contanto que fosse apenas como ouvinte ou observador.

Na noite aprazada, nosso amigo intolerante compareceu à Tenda Pai Jacó e sentou-se, sem se identificar, no meio de dezenas de outras pessoas. A certa altura dos trabalhos, um espírito manifestou-se através de um médium, chamando-o pelo nome e expressando-se no modo típico dos pretos velhos.

O visitante foi convidado para o centro da Tenda, para uma conversa com o preto velho. Meio constrangido, apresentou-se perante o médium e, para sua surpresa, ouviu as palavras:

- Como o adverti várias vezes, sem resultado, para não depreciar nossos irmãos umbandistas, resolvi convidá-lo. Este caboclo preto velho que está aqui, na sua frente, é o mesmo irmão Teófilo.

E ante a expressão estupefata do convidado, continuou o espírito:

- Aqui, assumo a forma do preto velho de uma existência que vivi séculos atrás, como trabalhador numa fazenda de escravos. Embora analfabeto, aprendi as virtudes da humildade, tolerância, fraternidade, caridade e amor ao próximo. Neste tipo de culto, a Espiritualidade amiga utiliza-se dos símbolos culturais africanos para acolher muitos ex-escravos, que, desencarnados, necessitam esclarecimento. E, diante desses nossos irmãos, convém que me apresente na forma perispiritual do passado, de modo a estabelecer maior grau de confiança na comunicação entre mim e eles.

E o benfeitor continuou:

- Aqui também se distribuem alimentos e roupas a famintos e esfarrapados. Aqui também se dão conselhos, orientações, resignação e coragem aos desesperados. Ajudo neste terreiro porque, aqui, meu irmão, também se pratica a caridade pura, que, para ser feita, não necessita de ambientes nem meios, mas apenas de intenções boas e sinceras.

O semblante de Jesus

EM AGOSTO DE 1997 DIVULGUEI, através do *Correio Fraterno do ABC*, a belíssima descrição da face de Jesus, de autoria do historiador-poeta Edouard Schuré, que passo a reproduzir.

Assim escreveu o poeta:

> Que eu veja somente o seu rosto e serei salvo, dizia o publicano Zaqueu, subindo ao sicômoro. Subiu, viu e foi salvo.
>
> Talvez nos salvássemos também, se víssemos o seu semblante. Mas é muito difícil, porque esse rosto estranho parece com o livro em que se reflete como num espelho: livro, embora muito lido, é como se nunca se pudesse acabar de ler, como se alguma coisa ficasse esquecida ou mal-entendida, assim, interminavelmente.
>
> Dá-se o mesmo com seu semblante: não se pode vê-

-lo completamente; por mais que se contemple, parece sempre que houve qualquer traço que não foi notado ou que não se compreendeu inteiramente.

Há dois mil anos que bilhões de olhos humanos olham-no sem vê-lo e continuarão a olhá-lo sem vê-lo até a consumação dos séculos.

***

"A imagem de Jesus nos é desconhecida", declara Santo Irineu de Lião, desde fins do século II. "Ignoramos completamente como era seu semblante", afirma do mesmo modo Santo Agostinho. E acrescenta: "A face do Senhor muda com a diversidade dos inúmeros pensamentos".

A mudança virá só de nossos pensamentos ou do que há nesse próprio rosto?

Irineu e Agostinho se enganam. Nós podemos conhecer o semblante do Senhor.

Comprei, não sei onde nem quando, uma velha e péssima reprodução da imagem do Senhor, que se achava na Catedral de Assunção, em Moscou, e que, segundo a tradição, ele próprio imprimiu no pano e enviou a Abgar, rei de Edessa.

Durante anos ela esteve pendurada na parede do meu quarto, tanto que meus olhos, cegos pelo hábito, não a viam mais. Porém, um dia em que, pensando no rosto do homem Jesus, me aproximei dessa reprodução, vi de súbito e fiquei assombrado: o olhar dos olhos não humanos, que parecia vir do outro mundo, era ligeiramente oblíquo.

Minha alma se consumiria se me olhasse de frente. Ele me perdoa e espera que chegue a minha hora.

Sobre a testa, até em cima da risca que divide a cabeleira de linhas onduladas e paralelas, que se diriam traçadas a compasso com preocupação geométrica, sai uma mecha recalcitrante como as dos pequenos camponeses mal penteados...

E os lábios, levemente entreabertos, de enternecedora puerilidade: "Minha alma está em mim como filho roubado à sua mãe".

Como tudo isso é simples, infantil, tocante.

Dois entes num só, discordantes e concordantes: eis o que, nessa imagem, vem dele próprio, o que não foi feito por mão humana, porém impresso por ele mesmo no pano.

***

Compreendi-o mais claramente ainda, comparando a minha reprodução com a da Ceia, de Da Vinci:

Em leve nuvem de cabelos de um ruivo dourado, o rosto de um adolescente judaico de 16 anos, parecendo moça, inclina-se como uma flor que, apenas desabrochada, já se fana de talo quebrado.

Pálpebras pesadamente abaixadas, que se diriam inflamadas de lágrimas, e lábios cerrados numa resignação mortal: "Como uma ovelha, diante daqueles que a tosquiam, não abre a boca".

De todos os semblantes do Senhor pintados pela mão do homem, é provavelmente o mais belo. Entretanto, entre o outro, milagroso, e este, que diferença!

Não sei se este vencerá a morte, mas sei que o outro já a venceu; este está ainda nas três dimensões, e o outro está também na quarta; um exprime o suplício da dúvida, e o outro a beatitude da fé; com este talvez eu pereça; com o outro, eu me salvo, com certeza.

***

Três lendas de ouro da Idade Média exprimem o sentido profundo dessa impossibilidade de reproduzir, de traçar o semblante do Senhor:

Por três vezes, estando Jesus vivo, Lucas tentou reproduzir sua face para Verônica. Porém, comparando o retrato com o rosto vivo, verificou que não havia parecença entre ambos.

- Filha... Não conheceis o meu rosto. Só o conhecem lá de onde vim. Eu comerei hoje o pão em tua casa — disse ele a Verônica.

E ela lhe preparou a refeição. Mas ele, antes de sentar à mesa, lavou o rosto, enxugou-o numa toalha, e, nesta, sua face imprimiu-se como se fosse viva.

Subindo ao Calvário, o Senhor curvava-se sob o peso da cruz e o suor corria de sua face em gotas de sangue. Verônica lhe dá um sudário e ele, enxugando sua face, imprime-a nele. A face de que fala o profeta Isaías (52-14): "Seu rosto estava tão desfigurado e seu aspecto diferia do dos filhos do homem".

Logo após a Ascensão, os discípulos, aflitos por não poderem ver o rosto de Jesus, suplicaram ao apóstolo Lucas, pintor, que o reproduzisse. Mas Lucas recusou, dizendo que era tarefa impossível.

Porém, depois de três dias de súplicas, certo do auxílio do céu, acabou por consentir. Traçou o contorno do rosto em uma tela branca, mas, antes que tomasse os pincéis e as tintas, todos viram a face de Jesus aparecer subitamente no quadro.

***

Estas três lendas têm o mesmo sentido: só no coração dos que amam o Senhor e sofrem com ele sua face se imprime em seus corações, como no sudário de Verônica.

Os santos lembram, e os pecadores esqueceram. É verdade que nada podemos saber do rosto vivo de Jesus? Quantos são os falsos messias, os ladrões e os bandidos de quem a memória da história guarda os seus semblantes ignóbeis e terá esquecido o do Cristo?

Se assim fora, devíamos desesperar da humanidade. Uma lei estranha governa a memória que nossos olhos conservam dos rostos: quanto mais os amamos, menos nos lembramos deles. Recorda-se melhor o rosto de um estranho do que o de um ente amado de quem nós estamos separados.

Diz o patriarca Fócio: "O semblante de Cristo é diferente entre os romanos, os helenos e os etíopes, porque cada um desses povos afirma que o Senhor lhes apareceu sob o aspecto que lhes é próprio; assim, o rosto de Jesus se reflete em todos os rostos humanos, como o sol nas gotas do orvalho".

o humilde camponês russo

O BELO CONTO QUE VOU DESCREVER é de autoria de Léon Tolstói, escritor russo que é considerado um clássico da literatura mundial. Autor de obras famosas, como *Guerra e paz*, *Ana Karenina* e outras.

Filho de membros da nobreza russa, Tolstói viveu parte de sua vida num ambiente de ostentação, luxo, festas e prazeres, onde se sentia infeliz e deslocado.

Um dia foi visitar, nas estepes russas, uma miserável favela onde viviam mujiques (camponeses). Horrorizado e revoltado com o contraste da vida de opulência e luxo dos nobres e a fome e miserabilidade dos pobres camponeses, rompeu com a sociedade em que vivia, abandonou riqueza, afastou-se da parentela e de todos e foi viver com a família no meio dos mujiques, onde permaneceu até a sua morte.

***

Na estepe russa, onde a temperatura no inverno é abaixo de zero, vivia, numa cabana simples e pobre, um humilde e velho camponês, que há muito sonhava com a esperança de um dia ver Jesus.

Desejando realizar seu ambicioso sonho, todas as noites, antes de deitar, ajoelhava-se, em prece, perante a imagem do Amado Mestre, suplicando a graça de sua visita.

Numa noite, véspera de Natal, como sempre fazia, postou-se perante o quadro de Jesus e, com todo sentimento, fé, emoção, simplicidade e ternura, suplicou:

- Senhor... Atende ao pedido do meu coração. Sou pobre e nada posso lhe oferecer. Meu lar é simples e sem conforto e sei que não sou merecedor. Perdoa, senhor, minhas imperfeições. Já estou velho e sinto que está próxima a hora da minha partida, mas, antes que aconteça, queria ter a ventura de contemplar teu semblante.

Estava concentrado em sua prece, quando ouviu uma voz:

- Homem... Prometo que amanhã estarei contigo.

Extasiado e feliz por, afinal, realizar a maior ventura da sua vida, recolheu-se ao leito.

No dia seguinte, levantou-se cedo, preparou e colocou para cozinhar suculenta sopa de legumes, pensando servi-la a Jesus, quando viesse.

E, em seguida, procedeu a uma rigorosa limpeza e arrumação em sua cabana, para que o Divino Mestre, ao chegar, encontrasse tudo limpo e em ordem.

Estava concentrado em sua tarefa quando ouviu o

choro de uma criança perdida lá fora, na neve. Condoído daquele pobre menino enregelado e faminto, recolheu-o para dentro de sua cabana, onde o agasalhou, alimentou e o tratou carinhosamente até que, recuperado, adormeceu.

Em seguida foi alimentar e cuidar das suas poucas ovelhas e galinhas, que lhe forneciam o leite e os ovos para sua alimentação diária. A estas tratava com tanto amor e carinho que as aves e os animais, todas as vezes que ele as visitava, acercavam-se e ficavam felizes com sua presença.

Estava ocupado nessa tarefa quando foi visitado por um casal desesperado à procura do filho perdido. Alegres e felizes por encontrá-lo, agradeceram e partiram.

Logo depois, um viajante quase nu e desesperado procurou-o, pedindo ajuda. Disse que havia sido assaltado e roubado por uns bandidos, que levaram tudo que tinha.

Consternado de sua desdita, o mujique socorreu-o, alimentou-o e, embora possuidor de poucas peças de roupas, o camponês vestiu-o e deu-lhe agasalhos para que pudesse continuar sua viagem. O viajante agradeceu e partiu.

Passadas algumas horas, bateram em sua porta. Contente, pensando ser a visita de Jesus, foi atender. Era um pobre mendigo pedindo auxílio para não morrer de frio e de fome.

Penalizado com a situação daquele pobre homem, abrigou-o em sua cabana, saciando sua fome com a sopa e deu-lhe algumas peças de roupas para se agasalhar e se proteger do frio intenso. O mendigo, satisfeito e feliz, agradeceu e partiu.

A noite já havia caído, e Jesus, tão ansiosamente esperado, ainda não viera.

Desesperançado de receber sua visita, prosternou-se perante sua imagem e, em lágrimas de emoção, rogou:

- Senhor! Confiante em tua promessa, eu esperei ansiosamente. E, no entanto, não tive a satisfação de tua presença. Sei que não sou digno de contemplar-te, mas ficaria tão feliz em receber-te! Por que não vieste, como prometeste?

Estava absorto na sua prece, quando ouviu a mesma voz:

- Meu irmão! Estive contigo três vezes hoje.

Surpreso, indagou:

- Senhor, quando estiveste comigo três vezes hoje?

- Quando recolheste aquela criança perdida na neve, foi a mim que o fizeste. Quando alimentaste e agasalhaste aquele viajante quase nu e desesperado, foi a mim que socorreste. E quando abrigaste aquele mendigo, com fome e com frio, foi a mim que abrigaste.

Terminando de pronunciar essas palavras, a figura de Jesus, fulgurante de luz, esplendor e beleza, surgiu perante o camponês extasiado e feliz.

O tratador de camelos

COMO A FINALIDADE DESTE LIVRO é proporcionar ao leitor o prazer de conhecer e deleitar-se com belas histórias, seria uma lamentável falta não indicar aqui a constante do livro *O maior vendedor do mundo*, de Og Mandino, publicado pela *Editora Record*, Rio de Janeiro, em 1968.

Recomendo aos amantes da boa literatura a leitura desse livro, cujas linhas passo a sintetizar.

Advirto, porém, que esta condensação não exprime a beleza, a suavidade e a doçura da história original, que, em sua essência, está impregnada das lendas, dos sonhos e dos encantos dos contos orientais das *Mil e uma noites*. É belíssima! E com indefinível ternura tange nossa sensibilidade, levando nossa emoção e nossos sentimentos até as lágrimas.

É sobre Hafid, um tratador de camelos que, quando criança, perdera os pais e fora adotado por um rico negociante de Damasco.

Apaixonado, correspondido em seu amor pela filha de outro rico comerciante e ciente de que o pai de sua amada jamais concordaria em entregá-la a um simples tratador de camelos, foi pedir ao seu amo para ser um vendedor.

Após justificar o forte motivo do seu pedido, seu amo concordou, mas exigiu de Hafid uma prova de que poderia ser um bom vendedor.

Forneceu-lhe uma das melhores túnicas que tinha para venda, contendo o símbolo de Tola, o melhor fabricante de túnicas do Oriente, e a estrela do seu próprio símbolo, respeitados e conhecidos em todo o país, e uma mula, mandando-o partir para Belém, aldeia de povo muito pobre, a fim de vendê-la.

No terceiro dia, à noite em Belém, Hafid, desesperado, pensava em seu infeliz destino. Aquele seria o quarto dia, e a túnica ainda estava no embrulho no lombo do animal, amarrado numa estaca na gruta atrás da hospedaria.

Aquela noite dormiria na gruta para conservar suas economias e, na manhã seguinte, talvez, tivesse melhor sorte.

Ao se dirigir para a gruta, viu uma cintilante luz no seu interior. Apertou os passos, temendo algum ladrão. No entanto, a tensão logo o abandonou, ao ver um homem barbado e uma jovem aconchegados intimamente. E aos seus pés, numa manjedoura no meio da forragem do gado, um menino recém-nascido.

Para protegê-lo do frio intenso, ambos os mantos, o

do homem e o da mulher, cobriam-no todo, menos a cabecinha. Hafid observou que o fino vestido da mulher e a fina camisa do homem ofereciam pouca proteção ao frio intenso e à umidade da gruta.

Após um momento de indecisão, encaminhou-se para o seu animal, desatou os nós, retirou a túnica, dirigiu-se à pequena família, ajoelhou ao lado da criança, retirou o manto do pai e da mãe devolvendo-os aos seus donos e abrindo a sua preciosa túnica agasalhou com ela a criança que dormia.

A umidade do beijo da jovem mãe ainda estava na face de Hafid, ao conduzir sua mula para fora da gruta, puxando seu animal pelo caminho de volta. Diretamente acima dele encontrava-se a mais brilhante estrela que Hafid já vira, seguindo-o e iluminando o seu caminho.

Ao chegar ao seu destino, encontrou seu amo fora da sua tenda, alarmado e admirado de ver tão brilhante estrela a segui-lo.

Hafid, chorando por achar ter fracassado, contou os incidentes da gruta ao seu amo. Falou do menino, da túnica...

Um sorriso ganhou forma no rosto do seu amo, que, pondo a mão em seu ombro, lhe disse que fosse dormir, pois não havia fracassado. E que depois conversariam.

Dias depois mandou chamá-lo e entregou-lhe cem talentos de ouro e um baú, que recebera de presente de um viajante que socorrera por ter sido atacado por bandidos, contendo dez pergaminhos de couro que revelavam e ensinavam todos os segredos para tornar uma pessoa de grande êxito na arte de vender.

Informou-o também que deveria estudar e aplicar os ensinamentos dos pergaminhos; partilhar sempre a metade da riqueza adquirida com outras pessoas menos afortunadas e que não desse os pergaminhos, nem os partilhasse com ninguém até o dia em que recebesse um sinal especial que o indicasse quem fora o escolhido para recebê-los. Este terceiro poderia partilhar sua mensagem com o mundo, se assim o desejasse.

E, assim, seguindo as instruções, Hafid tornou-se senhor de grande riqueza, sendo considerado o maior vendedor do mundo e realizando o seu sonho de unir-se à mulher amada.

Após 34 anos, viúvo e sem filhos, foi procurado por Paulo, que, em busca de auxílio, visitou-o atendendo a uma voz. A mesma que o convertera na Estrada de Damasco.

Identificado como o seu esperado destinatário pelas suas palavras, sua história e a túnica que exibiu, comprovando pelos seus símbolos ser aquela que cobrira o corpo do recém-nascido na gruta de Belém, recebeu o baú com os valiosos pergaminhos contendo os conhecimentos que o possibilitaram tornar-se o maior discípulo de Jesus.

***

Este encontro de Paulo com Hafid, descrito no livro,

é comovente, cheio de beleza, suavidade, encanto e ternura, levando nossos sentimentos até as lágrimas. Uma verdadeira joia literária!

Os Evangelhos (Atos 9:9) informam que o apóstolo Paulo, embora contemporâneo de Jesus, não o conhecera pessoalmente. Chamava-se Saulo e era membro do Sinédrio, extremamente zeloso das tradições dos pais e apaixonado pela Lei na qual era doutor.

Possuidor de poderosa inteligência e considerável cultura, Paulo estudara com Gamaliel, a quem iria suceder no Sinédrio.

Implacável perseguidor dos cristãos, aquele rabino ainda sob o nome de Saulo, foi o principal acusador, verdugo e incitador pessoal da lapidação de Estêvão, o primeiro mártir do Cristianismo, que mais tarde identificou como o irmão de sua noiva, com quem estava prestes a casar (ver o romance *Paulo e Estêvão,* edição da FEB).

Cheio de ódio pela frustração dos seus sonhos e respirando ameaças de morte contra os discípulos do Senhor, dirigiu-se ao Sumo Sacerdote e pediu-lhe cartas para as Sinagogas de Damasco, a fim de trazê-los presos a Jerusalém.

E indo pelo caminho, aconteceu que, chegando perto de Damasco, subitamente o cercou um grande resplendor de luz do céu. E, caindo em terra, ouviu uma voz:

- Saulo, Saulo... Por que me persegues?

E ele disse:

- Quem és tu, senhor?

- Eu sou Jesus, a quem persegues.

E ele, tremendo e atônito, retornou:

- Senhor, que queres que eu faça?

E então lhe falou o Mestre:

- Levanta-te e entra na cidade. E lá te será dito o que te convém fazer.

Depois da ocorrência na Estrada de Damasco, socorrido justamente por Ananias, a quem vinha prender, procurou-o, atendendo a uma voz.

O próprio Ananias devolveu-lhe a visão, instruiu-o e relatou-lhe as sublimes verdades da doutrina de amor e perdão que Jesus pregou e exemplificou. Falou das belezas do Sermão da Montanha, das maravilhas que efetuou entre os doentes, pecadores e desamparados. Disse-lhe ainda dos seus milagres, como a cura de cegos e paralíticos, a multiplicação dos pães e peixes, a transformação da água em vinho...

Falou-lhe da ressurreição dos que dormiam e, por fim, da sua condenação, crucificação, ressurreição espiritual após o terceiro dia. Saulo não sabia dessas coisas. Ananias falou-lhe também de Jesus aparecendo aos apóstolos.

Saulo arrependeu-se, converteu-se, tornou-se discípulo, adotou o nome de Paulo e passou a pregar a doutrina do Senhor, confundindo os judeus.

Porém, ao comparecer às reuniões, juntamente com Ananias, Paulo era recebido com desconfiança, medo e angústia pelos discípulos de Jesus, que diziam:

- Não é este que em Jerusalém perseguia os discípulos de Jesus e para isso veio a Damasco para levá-los presos aos principais dos Sacerdotes? (Atos 9:21).

Sabedores da sua conversão, os Sacerdotes tomaram conselho para matá-lo. Mas, suas ciladas chegaram ao conhecimento de Paulo, e como as portas da cidade estavam guardadas tanto de dia, como de noite, os discípulos o desceram dentro de um cesto pelo muro, possibilitando a sua fuga para Jerusalém.

Quando Paulo chegou a Jerusalém, procurava ajuntar-se aos discípulos, mas todos o temiam, não crendo que fosse discípulo (Atos 9:26).

Os Evangelhos não mencionam qualquer fato ocorrido com Paulo que o possibilitou tornar-se um dos maiores Apóstolos de Jesus.

Em II Timóteo 4:13, Paulo recomenda: "Quando vieres, traze tu a capa que deixei em Troas em casa de Carpo e os livros, principalmente os pergaminhos".

Será esta a capa e estes os pergaminhos que foram perdidos posteriormente no naufrágio sofrido por Paulo, citados nesta comovente história pelo autor do livro acima mencionado?

Será essa a capa citada no livro, cuja leitura, por bela, comovente e interessante, recomendo?

Talvez ela tenha um fundo mediúnico e nos revele algo ainda desconhecido! Porém, mesmo que seja uma ficção e não represente a verdade, nos comove pela sua simplicidade e beleza e merece ser conhecida.

Prece
do idoso

AMIGO...

Também um dia minhas pernas foram ágeis. Caminhavam sem qualquer embaraço, percorriam longas distâncias.

Hoje, contudo, se não posso acompanhar-te o vigor da juventude, peço que me perdoes. Além da dor, a locomoção motora foi prejudicada com o passar dos anos.

Minha memória tão boa era ela, que nomes ou situações por mim eram gravados com facilidade. Hoje, porém, tenho dificuldade para recordar episódios necessários.

Perdoa-me o atordoamento da cabeça cansada. Desculpa, se não te satisfaço ante os diálogos que travamos.

Meus ouvidos tão argutos eram que, por vezes, devia me calar em vista de algo impróprio que recolhiam. Fossem em cochichos, ou a certa distância.

Hoje te solicito paciência. Sei que não são capazes de

funcionar com a mesma eficiência de outrora. Desculpa-me se te furto a tolerância, quando te constranjo a repetir frases, ou a conversar aos gritos.

Meus olhos, com o envelhecer dos anos, parece que foram envolvidos por nuvem brumosa; pouco ou quase nada percebo. Solicito-te que tenhas paciência comigo, quando à tua frente, de carro ou a pé, ou de bicicleta, me transforme em impasse para a tua correria diária.

Minhas mãos já redigiram belas missivas, consolaram muitas pessoas, afagaram muitas destras, edificaram aluviões de ideias; hoje, mal conseguem sustentar o lápis ou a caneta, nem sequer meu nome sai com a mesma perfeição de antes, quando assino um documento ou um cheque.

Meu corpo suportava duro labor, que ao raiar da madrugada se levantava da cama; hoje me solicita maior tempo para descanso. Minhas forças foram furtadas pelo avanço das horas.

Peço-te perdão, se colhido pela velhice, julgam que não tenho o mesmo valor, na sociedade ou nos lares.

Se te dispuseres a ouvir-me, decerto não te afundarás no charco das ilusões. Tanto quanto tu, eu também um dia acreditei no vigor da vida física e me atrelei aos excessos de toda natureza.

Fui serviçal inconsequente do orgulho. Do egoísmo tornei-me escravo. Da ambição fui cruel propagador. Da mesquinhez, não consegui desvencilhar-me. Da ilusão fui fiel peregrino.

Hoje, sobretudo agora que os janeiros se foram,

acordei na etapa em que a perda de minhas forças são evidentes.

Não sou um derrotado. Tenho minhas experiências. Contudo, amigo, auxilia-me!

Não permitas que o desamor me atropele. Não te esqueças que se a morte não te colher primeiro, percorrerás as mesmas trilhas que agora percorro.

Peço, porém, a Deus, que não te soneguem amor, como vem sucedendo comigo!

***

A prece acima foi extraída do jornal *A Estrada de Damasco,* órgão do Centro Espírita Paulo de Tarso, situado no Lago Norte, em Brasília, DF, e reveste-se de beleza e profunda sabedoria. Não sem razão, Allan Kardec, egrégio codificador da doutrina espírita, inseriu o dever que todos temos para com nossos pais em *O Evangelho segundo o Espiritismo,* desdobrando a máxima contida nos Dez Mandamentos e no Velho Testamento: "Honrai a vosso pai e a vossa mãe, a fim de viverdes longo tempo na terra que o senhor vosso Deus vos dará." *(Êxodo. 20:12)*

Se Jesus nos ensinou a amar ao próximo e mesmo aos inimigos, qual não deve ser o amor que devemos aos que nos deram a luz da vida? No capítulo XIV da obra citada, Allan Kardec faz judiciosas considerações sobre o dever para com os pais.

Se agir mal contra um irmão constitui infração à Lei

de Amor, como avaliar a atitude de um filho que relega seus genitores à penúria ou à solidão dos asilos, ou os submete a toda sorte de sofrimento na clausura do próprio lar? Que dizer daqueles, então, que lhes abrevia a vida na Terra, a fim de atender escusos interesses? A estes, a Justiça Divina será ainda mais severa, já que, além de faltar com a lei de amor ao próximo, faltam também com o dever da gratidão.

Boa noite!...

QUANDO RESIDIA EM Vila Velha (ES), ao adentrar uma livraria espírita, deparei com duas faixas de pano verticais, afixadas na parede, e nelas inscritas as seguintes mensagens. Embora ignore o autor, trago aqui à apreciação dos leitores. A primeira, que segue abaixo, é dedicada a Jesus. A segunda, a Deus, nosso Pai.

Já é noite!

...Quando você se levantou pela manhã eu já havia preparado o sol para aquecer o seu dia e o alimento para a sua nutrição. Sim, eu providenciei tudo enquanto vigiava e guardava o seu sono, a sua família e a sua casa.

Esperei pelo seu "bom dia"! Mas você me esqueceu... Bem, você parecia ter tanta pressa que eu perdoei.

O Sol apareceu, as flores deram seu perfume. A brisa da manhã lhe acompanhou. E você nem pensou que eu é que havia preparado tudo para você.

Seus familiares sorriam, seus colegas saudaram-no, você trabalhou, estudou, viajou, realizou negócios, alcançou vitórias, mas você nem percebeu. Eu estava cooperando com você e mais teria ajudado se você tivesse dado uma chance... Eu sei. Você corre tanto! Eu te perdoei.

Você leu bastante, ouviu muita coisa, viu mais ainda e não teve tempo de ler ou ouvir minha palavra.

Eu quis falar, mas você não parou para ouvir.

Eu quis lhe aconselhar, mas você nem pensou nessa possibilidade. Seus olhos, seu pensamento, seus lábios seriam melhores.

O mal seria menor e o bem seria muito maior em sua vida.

A chuva que caiu à tarde foram minhas lágrimas por sua ingratidão, mas foram também a minha bênção sobre a terra para que não lhe falte o pão e a água.

Você trabalhou, ganhou dinheiro, que não foi mais porque você não me deixou ajudar.

Mais uma vez você se esqueceu de mim.

Esqueceu que eu desejo sua participação no meu reino, com sua vida, seu tempo, seus talentos e seu dinheiro também.

Findou-se o dia, você voltou para casa.

Mandei a lua e as estrelas tornarem a noite mais bonita para lembrar-lhe do meu amor por você.

Certamente, agora, você vai dizer "obrigado..." E "boa noite".

Psiu!... Está me ouvindo?
Já dormiu... Que pena!
Durma bem. Eu ficarei velando por você.

Deus,
onde estás?

SEGUE, AGORA, A SEGUNDA mensagem que li em faixa afixada na cidade de Vila Velha, Estado do Espírito Santo. Batizei-a com o título acima.

Passei tanto tempo Te procurando.

Não sabia onde estavas. Olhava para o infinito, não Te via.

E pensava comigo mesmo: Será que Tu existes?

Não me contentava na busca e prosseguia.

Tentava Te encontrar nas religiões e nos templos. Tu também não estavas.

Busquei-Te através dos sacerdotes e pastores.

Também não Te encontrei.

Senti-me só, vazio, desesperado e descri.

E na descrença, Te ofendi.

E na ofensa, tropecei.

E no tropeço, caí.

E na queda senti-me fraco.
Fraco, procurei socorro.
No socorro encontrei amigos.
Nos amigos encontrei carinho.
No carinho eu vi nascer o amor.
Com amor eu vi um mundo novo,
E no mundo novo resolvi viver.
O que recebi, resolvi doar.
Doando alguma coisa muito recebi
E em recebendo senti-me feliz.
E ao ser feliz, encontrei a paz.
E tendo a paz foi que enxerguei que dentro de mim é que Tu estavas.
E sem procurar-Te
Foi que Te encontrei.

***

Conhecer a natureza íntima de Deus é ainda um desafio para os teólogos. Allan Kardec, sabiamente, iniciou *O Livro dos Espíritos* de forma magistral. A questão 1 desse livro, que contém 1018 perguntas feitas aos Espíritos Superiores, é justamente esta: "Que é Deus?" Observe-se que a pergunta é formulada com o pronome interrogativo **Que** e não **Quem.**

E a resposta dada pelos Espíritos é igualmente surpreendente, e ainda hoje é a noção mais completa que os homens podem fazer do Criador.

Responderam os Espíritos:

- Deus é a inteligência suprema, causa primeira de todas as coisas.

A noção da divindade está ínsita na consciência de todas as criaturas, afirmam os Espíritos na mesma obra, que permanece como farol a iluminar e despertar as criaturas.

No entanto, os homens insistem em procurá-lo fora de si e a dar-lhe características humanas, num antropomorfismo deplorável. Daí lermos às vezes expressões como "Deus é brasileiro", "Deus de Israel", ou ainda "Deus é fiel", como se o Onipotente, a Perfeição Absoluta pudesse ser infiel! Ou se pudesse representar apenas Deus de um povo e não do Universo...

A criança de Deus

A BELA HISTÓRIA QUE VOU TRANSCREVER chegou ao meu conhecimento através do meu genro, coronel do Exército, reformado, que a recebeu de um colega por ocasião da comemoração dos 49 anos de formatura, ocorrida no dia 8 de maio do ano de 2003. Ei-la:

> Uma criança, pronta para nascer, pergunta a Deus:
>
> - Dizem que amanhã serei enviada à Terra. Como viverei lá, sendo assim tão pequena e indefesa?
>
> E Deus responde:
>
> - Entre muitos anjos, eu escolhi um muito especial para ti. Ele estará te esperando e tomará conta de ti.
>
> - Aqui no céu eu não faço nada a não ser cantar e sorrir, o que é suficiente para que eu seja feliz. Serei feliz lá? — interroga a criança.
>
> - Teu anjo irá cantar e sorrir para ti. A cada dia, a cada instante, tu sentirás o amor de teu anjo e serás feliz.

- Como poderei entender quando falarem comigo, se eu não conheço a língua que as pessoas falam?

- Com muita paciência e carinho, teu anjo te ensinará a falar.

- E o que farei, quando desejar falar contigo?

- Teu anjo juntará tuas mãos e te ensinará a orar.

- Dizem que na Terra há homens maus. Quem me protegerá?

- Teu anjo te defenderá, mesmo que ele tenha que arriscar a própria vida.

- Mas eu serei sempre triste, porque eu não te verei mais.

- Teu anjo sempre te falará de mim e eu estarei sempre contigo.

Nesse momento, havia muita paz no céu, mas as vozes da Terra já podiam ser ouvidas. A criança, apressada, pediu:

- Oh, Deus, se eu estiver a ponto de ir agora, por favor, qual é o nome do meu anjo?

E Deus, simplesmente, respondeu:

- Tu chamarás o teu anjo de MÃE.

***

Outra mensagem, também enaltecendo o amor materno, que foi ditada pelo espírito Maria Dolores ao médium Francisco Cândido Xavier, que tento reproduzir ao sabor da própria emoção.

A pobre mulher, desolada e triste, aproxima-se do Senhor e confessa:

- Senhor... Tenho sofrido no lar, abandonada aos afazeres domésticos, enquanto meu esposo aventura-se, na liberdade que é dada aos homens, reunindo-se com os amigos, retardando o retorno ao lar.

Doutras vezes, desanimado, aninha-se em meus braços, reclamando carinho e consolo para as desilusões vividas no mundo. E eu o acolho com todo o amor e lhe devolvo esperanças e otimismo. Mas, no decorrer dos dias, ele sai soberano, como dono das estrelas, a aventurar-se na noite e na companhia de amigos e mesmo de algumas mulheres, enquanto eu permaneço confinada entre quatro paredes.

O Senhor ouvia a narrativa, complacente. E a mulher continuou:

- Por que deste ao homem tantos direitos, reservando a nós, suas esposas, tão duro destino?

O Senhor, compadecido, estendeu a mão sobre a fronte da pobre mulher e falou compassivo:

- Dei ao homem as asas para que voasse livre e soberano. Mas concederei a ti, somente a ti, a ventura de experimentar a mais grandiosa alegria na Terra.

Então, aproximando-se da senhora, tocou-a suavemente colocando-lhe nos braços uma frágil criança.

E desde então a pobre mulher tornou-se mãe.

Santuário materno

ESTA HISTÓRIA, COMOVENTE E LINDA, está guardada comigo há muitos anos, de tal modo que não recordo o nome do autor. Peço, por isso, escusas do estimado leitor, considerando que já passei dos 90 janeiros...

Eu era pequenino e você me tomava pelas mãos, que mil vezes se uniram às minhas para o poema da prece, e me conduzia pelos caminhos da vida, contando as gloriosas mensagens do existir.

As primaveras se sucediam e quase não percebíamos o passar das estações.

Ainda recordo suas narrativas comoventes sobre o nascimento de Jesus. Sua palavra delicada recordava a mais linda história, fazendo-me estremecer toda vez, porque era sempre bela e sempre nova a lembrança do Natal, nos seus lábios emoldurados de bondade e nos seus olhos orvalhados de lágrimas.

Quando comecei a compreender os sofrimentos humanos e percebi na sua face os primeiros sulcos de agonias suportadas heroicamente, você, sorrindo, me convidava a confiar nele, o Mestre Divino, não me permitindo partilhar sua aflição.

O tempo mostrou-me a sua grandeza através das renúncias e resignações que aureolaram sua fronte até a velhice consagrada ao bem. Recordo-me de você mamãe e pelas minhas recordações passam todas as horas da nossa convivência e eu faço uma prece a Deus para agradecer a Mãe que você foi para mim.

Evocando-a em toda a sua grandiosidade de quase santa que você foi, compadeço-me da maternidade negada e ultrajada dos dias atuais e compreendo que a falta de amor na Terra é o fermento de dores acerbas que não tardarão.

Eu, que recebi a alta concessão de poder voltar ao corpo de carne através de você, rica de amor e abnegação, junto minhas mãos às suas imateriais para orar pela mulher infortunada que esqueceu ou não deseja santificar a própria vida, fazendo-se santuário, transformando-se em Mãe.

Lamento
do carente

TAMBÉM AQUI ME VEJO IMPEDIDO de conceder o devido crédito ao autor no texto que transcrevo a seguir, mas sei que ele me perdoará por essa deselegância. Entenderá por certo que, embora sem o devido crédito, ainda sim será preferível vê-la publicada a conservar-se guardada na gaveta de velho cômodo em minha residência.

Passaste por mim com simpatia, mas quando me viste os olhos parados, indagaste em silêncio por que vagueio na rua. Talvez por isso estugaste o passo e, embora te quisesse chamar, a palavra esmoreceu-me na boca.

É possível tenhas suposto que desisti do trabalho, no entanto, ainda hoje, bati, em vão, de oficina em oficina...

Muitos disseram que ultrapassei a idade para ganhar dignamente o meu pão, como se a madureza do corpo fosse condenação à inutilidade. E outros, desconhecendo que vendi minha melhor roupa para aliviar a esposa doente, despediram-me apressados, acreditando-me vagabundo sem profissão.

Não sei se notaste quando o guarda me arrancou à contemplação da vitrine a gritar-me palavras duras, qual se eu fosse vulgar malfeitor.

Crê, porém, que nem de leve me passou pela mente a ideia do furto. Apenas admirava os bolos expostos, recordando os filhinhos a me abraçarem com fome, quando retorno à casa.

Ignoro se observaste as pessoas que me endereçavam gracejos, imaginando-me embriagado. Porque eu tremesse, encostado ao poste, afastaram-se todas, com manifesto desprezo. Contudo, não tive coragem de explicar-lhes que não tomo qualquer alimento há três dias...

A ti, porém, que me fitaste sem medo, ouso rogar apoio e cooperação. Agradeço a dádiva que me estendes. No entanto, acima de tudo, em nome do Cristo que dizemos amar, peço me restituas a esperança, a fim de que eu possa honrar, com alegria, o dom de viver.

Para isso, basta que te aproximes de mim, sem asco, para que eu saiba, apesar de todo o meu infortúnio, que ainda sou teu irmão.

***

Devo acrescentar, porém, que essa mesma mensagem foi gravada em áudio, na bela locução de D.P. iniciais de um nome que não saberia identificar. No cartucho da fita cassete, apenas a inscrição: "Preces Espíritas".

Onde mora Jesus

HÁ MUITOS ANOS DECOREI, pela sua beleza e simplicidade, o conto que passo a transcrever. Tive oportunidade de narrar em várias de minhas preleções, sempre tocando a sensibilidade dos ouvintes. Infelizmente não sei designar o nome do espírito que o transmitiu.

Quando a aflição, a angústia e a dor atormentaram o discípulo de Jesus, ele, folheando o seu Evangelho, encontrou sua sublime promessa: "Estarei com todos até o final dos tempos".

Desesperadamente carente de amparo e resignação, saiu à procura do Senhor.

Adentrou catedrais faraônicas e templos suntuosos, com imagens cravejadas de pedras preciosas e altares decorados a ouro; sacerdotes ricamente paramentados oficiando cerimônias e liturgias em sua homenagem, mas, apesar de se referirem em seus sermões aos seus sublimes ensinamentos, não encontrou o Divino Mestre.

Penetrou em bibliotecas, conventos e seminários, onde teólogos, professores e doutores discutiam e explanavam suas Divinas Revelações, ensinando-as aos jovens, porém, ali também não encontrou o que procurava.

Prosseguindo na sua busca, atravessou pontes, arcadas, percorreu ruas, avenidas, praças e jardins. Visitou academias, onde pretensos sábios, ostentando títulos e vestindo fardões, sobraçando volumosos e pesados livros e compêndios, estudavam e discutiam sua vida, seus ensinos e seus exemplos, mas, apesar do ambiente de austeridade, de silêncio e respeito, não achou sua presença!

Era alta a noite e o discípulo, cansado e desanimado, ia desistir de sua busca e retornar ao seu lar quando ouviu o débil choro de um bebê abandonado na rua. Ajoelhou-se, afagou carinhosamente aquele solitário ente pequenino, agasalhou-o amorosamente em seu colo e ia se retirar quando, num súbito e refulgente clarão, surgiu Jesus!

Emocionado, exclamou:

- Mestre!... Mestre!...

Jesus, dirigindo-lhe a palavra, disse:

- Eu prometi que estaria com todos até o final dos tempos. Porém, moro no coração da caridade.

Diário de quem não nasceu

A HISTÓRIA A SEGUIR, de origem desconhecida, foi encontrada dentro de um livro, em 26 de junho de 1999. Mas acabou chegando ao conhecimento público, tendo sido publicada em vários periódicos e também em *O Semeador*, na sua edição de agosto de 2007.

Ontem foi meu aniversário. Eu iria completar um mês de vida.

Pensei que você, Mamãe, fosse dar uma festinha, como todas as mamães fazem quando estão grávidas.

Pensei que você fosse dar ao Papai o beijo que gostaria de dar em mim. Porém, a festinha não foi tão agradável como eu pensava. De fato, na farmácia estava o meu presente. Pena que este presente tenha causado a minha morte e você não chorou nem um pouquinho.

Por que, Mamãe, justo no meu aniversário?

Pensei que fosse ficar feliz com a minha chegada,

mas você não deixou eu caminhar nem a metade. Você barrou o caminho.

Eu sabia que a escuridão iria se fazer com bastante intensidade em seu ventre. Entretanto, mais tarde, eu iria conhecer o brilho do sol, das estrelas e, principalmente, você e papai.

Eu também iria ficar mudo durante nove meses. Entretanto, mais tarde, iria lhe contar toda a felicidade em ter você como Mãe. Iria conversar com você quando estivesse triste, fazendo tudo para que a alegria voltasse rapidamente.

Sabe, eu planejei tanta coisa, que iria crescer bastante e depois, jovem, lutaria com todas as minhas armas para que a guerra acabasse e reinasse a paz no mundo.

Eu queria tanto nascer, queria crescer para plantar no chão da minha existência muitas rosas, para que o perfume embriagasse os homens e os deixassem incapazes de fabricar máquinas que matam. Sim, eu queria muitas coisas, mas você não permitiu!

Você me assassinou. Engraçado, pensei que os pais amassem seus filhos a ponto de lhes dar a própria vida!

Olhe, este era o meu plano quando estava no seu ventre. Hoje já não posso planejar mais nada, pois faço parte do mundo daqueles que nunca falaram de pureza e amor. Nunca sentirei o perfume das rosas nem o cheiro da morte.

Espero que você, Mamãe, esteja arrependida, para que isso não aconteça com os meus irmãozinhos que estão por vir. E a perdoo, apesar de tudo, e se de tudo ficar um pouco, que fique um pouco de mim em você.

Epílogo

O LEITOR DEVE TER OBSERVADO que as histórias descritas neste livro, além de sua beleza e suavidade, procuram cumprir as sublimes finalidades da filosofia espírita: educar moralmente, conscientizando-nos das responsabilidades dos atos praticados e despertando nosso entendimento para as suas consequências futuras.

Sabemos que tais consequências poderão ser de paz e felicidade ou dolorosas, pois, perante as Leis Divinas, cabe unicamente ao próprio infrator ressarcir os erros cometidos.

Em nossa convivência diária perante nossos semelhantes ou irmãos inferiores, os animais, recordemos sempre o provérbio hindu, que diz: "Seja como o sândalo, que perfuma o machado que o feriu".

E sigamos as palavras de Jesus, que recomenda "perdoar 70 vezes 7 vezes", para que viva sem peso na consciência.

Vale lembrar ainda o provérbio chinês, que diz: "Quando você nasceu, todos sorriam, e você chorava. Viva sua vida de maneira que, quando você morrer, todos chorem e você sorria".

E assim possamos enfrentar, serenamente e felizes, nossa desencarnação, certos de que seremos bem recebidos no mundo espiritual.

Espero que este livro, pelas suas páginas, tenha proporcionado deleite, felicidade e ventura aos seus leitores.

O autor

Você precisa conhecer:

Contos modernos em tempo de paz

Donizete Pinheiro

• Contos e crônicas • 14x21 cm • 200 pp.

Mensagens carregadas de otimismo, alegria e estímulo, sempre recheadas de histórias e exemplos reais, que auxiliam na busca de momentos felizes em nosso dia a dia e de uma convivência equilibrada consigo mesmo e com os outros, possibilitando que consigamos um verdadeiro tempo de paz em nossas vidas.

A moça do espelho

Isabel Scoqui

• Romance espírita • 14x21 cm • 200 pp.

Estefânia, jovem desencarnada há 200 anos, permanece presa à promessa do noivo, revivendo constantemente as mesmas cenas, vinculadas ao espelho e ao retrato enviados por ele.

Felicidade é algo que se aprende

Lúcia Cominatto / pelo espírito Irmã Maria do Rosário

• Mensagem/Autoajuda • 14x21 cm • 256 pp.

Esta é uma obra onde é possível encontrar o esclarecimento necessário para nos redimirmos dos nossos erros e podermos aprender e conquistar a verdadeira felicidade, sempre tão desejada por todos nós. Façamos destes ensinamentos uma norma de vida, para que a dor e a aflição fiquem cada vez mais distantes.

Não encontrando os livros da EME na livraria de sua preferência, solicite o endereço de nosso distribuidor mais próximo de você através do Fone/Fax: (19) 3491-7000 / 3491-5449.
E-mail: vendas@editoraeme.com.br – Site:www.editoraeme.com.br